KB071364

__________________ 님께

드립니다.

__________________ 올림

년 월 일

청어詩人選 267

살굿빛 광야

이상현 세 번째 시집

도서출판 청어

살굿빛 광야

이상현 세 번째 시집

시인의 말

우리의 눈길이 조금 더
부드러워지면 좋겠습니다.

이 겨레 하나 되는 그날이
하루빨리 오길 기도드립니다.

2021년
이상현

차례

그런 사람 그런 사이

있는 그대로 그냥 덤덤하게 보고
아무 말 안 해도 어색하지 않은 사이

사노라고 안 해본 짓 없으니
어려워 말고 마음 가는 대로 해도 좋다며 웃는 사이

눈과 눈썹 사이 계곡이 깊어
보기만 해도 기분 좋아지는 사이

남해 청산도 보리밭 돌담길
청량한 바람처럼 적당한 거리로
서로 얽매이지 않아
편하고 홀가분한 사이

그런 사이가 그립다

그런 사람이 되고 싶다

산다는 건 여행

오랜 항해 접고
바닷가로 온 것도 여행

아기로 태어난 것도
이즈음처럼 사는 것도 여행

후드득 쏟아지는
소낙비 흙냄새 좋아
마냥 걷는 것도 걸쭉한 여행

우선 살아야 함도
이리 살아가는 것도
그리 살고 싶음도

아픈 눈물도 웃음꽃으로
봄이 오면 핀다는 걸
알아가는 것도 여행

살굿빛 광야

어릴 적 하루 종일 물장구치다
배고프면 찾아들던 사립문

강마을 살구나무집
다섯 살 배불뚝이 장남
뒤뚱뒤뚱 뻘뻘 땀 흘리며 들어오니

윗옷에 담긴 작은 돌멩이 쌓아놓으라 내어주신
살구나무 옆 공터
다섯 살배기 광야

그때부터 금강산 넘어 걸어서
만주벌판 광야까지
가고 싶었나 보다

그나마 작은 눈
웃으면 안 보이게 신나했을 아들 보며
살굿빛으로 미소 짓던 어머니

귀도 눈도 머신 어머니
오늘도 하시는 말씀
“애비야, 물은 덜 먹고
밥을 많이 드시게
다섯 살부터 좋아하더니만
평생을 돌하고 사는구먼.”

맑아서 아린 혁명

고등어 썩지 않게 소금 치듯
전봉준 장군 고택
사립문 나서는 내게

1894년 동학혁명 큰 뜻이
굵은 빗방울로 내리친다

끼니도 제대로 못 채웠을
전봉준 초가 좁은 툇마루
작은 아궁이 가마솥 다듬잇돌
맷돌 얇은 엿가락 같은 부엌

머나먼 길
의기탱천하게 걸었을 그 걸음
목숨 건 눈빛

지금도 살아서 맑은 피 솟구치게 하는
혁명 가르쳐주는
이 논밭 들판에서

가난하나 올곧아서
맑고 깊은 사람이
이 세상의 주인임을 깨달아

굵직하게
앞서 간 임
따르리

무심히 바라보면

세월이 흐르는 시간을 무심히 바라보면
그 속의 내가 측은하여 눈물이 서립니다

태어난 죄로 살아야, 살아가야 하는
낙엽 같아 뭉클합니다

걷는 것도 달리는 것도
결국은 살아있는 한낱 동물이란 걸로 수렴되니
그저 딱하기도 할밖에요

달력이 다 뜯기고 나면
또 남의 인생 바라보듯
새해 파이팅을 외칠 테지요

그저 그렇고 그런
삶과 작품에 몰두하고 웃고 서글퍼하고
하루를 밀어내고 또 아침을
어쩔 수 없이 맞이하겠지요

원치도 않은 정해지지도 않은
희로애락을 자신의 운명이라
되뇌면서 말입니다

흙이 되고
물에 떠내려가고
바람에 날려가버릴
육신을 보석 상자처럼
그렇게 말입니다

걱정은 가불하지 말아요

아기 샘물 흐르는 소리
대나무 숲 여린 바람결 소리
눈 감고 마음에 담으면

가을 하늘 다가와
새파란 바다 된다

수북이 쌓인 낙엽
나인 듯하여 덧없어
눈길 머무나

따스한 땅 위 낮게 내려앉아
텅 빈 듯 가벼워 미소 짓는다

찬바람 거세게 불어
아리도록 귀 시려도

될 일이 안 되지도
안 될 일이 되지도 않을

그런 걱정은
가불하지 말아요
우리

우리나라 파도

개인의 운명
나라의 운명도
숱한 고난의 역사 극복해온
우리 겨레에게

겨레가 갈라져 사는
유일한 분단국가인 우리에게
통일의 최고 적기인 지금

전염병으로
또 고난에 빠지게 하니

인간으로서 누려야 할
정의와 순리
정녕 살아있는 것인가

고난의 역사에
또 빠지게 하는 것이
세계사에 무슨 도움이 된다는 말인가

정신 잃고
우왕좌왕함은

우리에게 큰 퇴보가 되니
정신을 곧추 세우자

우리 겨레여!

조금 더란 욕심

목화솜 흩날리듯 눈송이 내리더니
솜사탕 녹듯 봄이 옵니다

조금 더란 욕심 버리면
내게도 봄이 오겠지요

비틀어진 고목에도 힘차게 물 오르고
꽃 피고 열매도 맺겠지요

차디찬 겨울에도 따스한 숨 내쉬는
매화처럼 웃으며 살겠지요

장작불에 나를 태우자

세계 인류에게 온 전염병
두 번째 온 나라여서
국격 폭락 가슴 졸였다

연이어 국회의원 선거
특권, 국민의 돈만 탐하는 다수의 벌레들
졸렬한 권력 쟁탈전
창피함 잊은 못난 정치인들

이쁜 부끄러움
맑은 눈빛
가마솥 온기
덩달아 잊어버린 사람들

장작불 새로 지펴
짧은 생각 태워라
나를 태우자

온 나라 사람 되고파

프랑스 몽마르트
화가들 언덕

이태리 밀라노
두오모 성당 첨탑 언덕

로마 교황님 계신
마음 평화의 언덕

스위스 제네바 취리히
융프라우 알프스 언덕
초원 목동들

미국 청교도 보스턴
워싱턴 로스앤젤레스까지

지은 죄 많은
일본 동경 오사카
벳부 온천까지

이 세상 어느 누구도 선택한 적 없이 태어나

서로 다른
국적 이념 역사
뛰어넘으려

새벽에 일어나
새벽에 귀가하며
살고 살아온
눈물 그득한 사람들
우리

이젠 다른 나라
가엾은 동지들도

태어났을 때
마음 얼굴 그대로

눈길이 이쁜
사람 사람으로
만나고 싶다

코로나로 흔들리는 민심

민족 자존심 잃은
대안 없는 비난
국력 분산

건전한 대안 제시 비판
위기 처한 국운
되살린다

더 냉철하게
겨레 모두 힘 모아
이 고난도
극복할 수 있다

이 또한 슬기롭게
지나가리라

우리 민족 저력 되새기며
더욱 맑게 힘내자

그런 소리 세상

깊은 계곡 가재 사는 도랑물 흐르는 소리
휘파람 잘 부는 아재 볼 보조개 패이는 소리
봄바람에 형형색색 꽃잎 휘날리는 소리

무료한 멍멍이 다리 들고 눈 감고 쉬하는 소리
해질녘 졸린 소 목젖 보이게 하품하는 소리
땀 흘린 하루 빙그레 노을 지면
하나 둘 선술집 찾아드는 소리

강마을 주모 구성진 소리 가락에 흥겹듯
장터 국밥 권하는 5일장 인심 흐르는
그런 소리 세상에 살고 싶다

낡은 의자

싸락눈이 촘촘히 내리는 날
허름한 찻집에서 무심코
낡은 의자를 바라본다

새파란 싹으로 태어나
햇빛 달빛 물 바람 눈 비
사랑받고 자랐는데

어느 날 갑자기 잘려져
의자가 되었겠지

수많은 엉덩이들이 남긴
힘든 호흡에
화장도 벗겨지고
상처투성이 되어
엉거주춤 앉아 있다

사람과 의자
온기와 안식처
서로 다른
시간과 시간 사이에
낡고 허름한 내가
덤덤하게 앉아 있다

이 세상에 온 날

언제부터인가
팔랑개비가 되어버렸다

오늘 하루는 팔랑개비 멈추었다
처음처럼 처음 마음으로
나 홀로 조용히 쉬었다

바람에 팔랑거려 팔랑개비 된
약하고 사연 많은 바람개비인 듯하여
타인처럼 쳐다보았다

바람 세게 불면 빙빙 잘도 돈다고 좋아하고
바람 잦아들면 잘 돌지 않는다고 업신여김 당하는
정신줄 놓고 돌아야 박수 받는 팔랑개비 하루하루

맑은 옹달샘 흘러 시냇물 강물 되어
부딪히고 엎어져 후덕해질 무렵
파도를 안아주는 바다에 닿는다

흐르는 물 베고 자는 이내 마음
늘 맑고 고요하게 흘러
어둠 밝혀주는
늘 그 자리 불빛 되리

속풀이 국물 같은 사람

세월이 꽤 지났건만
곁에 있는 것 같고
아닌 것도 같고

문득 문득
눈웃음이라도
건네고 싶은 생각이
비 오는 날 신경통인 양
스멀 스멀거린다

세상 살면서
어디 속풀이 칼국수 국물 같은
사람이
몇이나 될까

그리움을 풀어준다면
배부르도록 먹고 싶은
마음풀이 국물이다

씻기는 날

"빨리 가려면 혼자 가고 멀리 가려면 함께 가라"

혼자서 밤 지새며 후회 없이 일했고
선두에 서려고 과욕도 많이 했고
알량한 지식으로 옆 사람을 절하하기도 했고
바른말로 가슴을 후벼파 아프게 하기도 했으니
참으로 부족하고 어리석은 삶이었습니다

나는 한낱 한 톨의 허망한 먼지였음을 이제야 고해합니다

크리스마스 성탄은 나의 소중하고 좋은 것을
옆 사람에게 바라는 것 없이 나누어 줄 때
진솔한 축복이 온다고 생각합니다

폭언한 많은 죄를 고백하는 날이라 생각합니다
양심과 마음을 청정하게 씻기는 날 되면 참 좋겠습니다

좋은 사람

하드웨어 대나무
소프트웨어 창호지

젖은 것 말리는 여름 화로
불씨 일으켜주는 겨울 부채

묵묵히 흐르고 흘러
생명수 되어주는 가람처럼

늘 푸르고 맑아
희망 키워주는 하늘같은

그런 좋은 사람
되고 싶다

사귀나 봅니다

이른 아침
한강을 건너갑니다

강물이
봄 햇살을 튕겨냅니다

볼이 발개집니다

강물과 햇살이
사귀나 봅니다

봄날 한강

머리 위로
폭우 쏟아지고
굉음 내며 전철 달려도

바다 향하는 마음
한 가지로

오욕칠정 씻어버리고
매화
대나무로 핀다

한강 혼절

노을 지는 한강을 건너간다
갑자기 후드득후드득 소나기 떨어져
한강을 흥분시키고 있다

뜨거워진 수면
온몸을 비튼다

짓궂은 노총각 담벼락 놀리듯
끝도 없이 방출한다

부끄러움은 사양해요
불 태워 보는 거예요
장작불 푸시시 사그라질 때까지요

강 건너 저 멀리
대장간 담금질하는 소리

봄눈

하얀 속살 폴랑거리며
애교 섞인 몸짓으로

겨울을 밀어내는

입춘 날궂이
눈이 내린다

온도와 온도가 만나는
그곳에는
자연의 이치가
강물처럼 흐른다

흐르자

찰박찰박 흐르자
눈시울이 짓물러
홍시 될 때까지

봄빛 바람 불어
치마 속을 온통 헤집어놓더라도
흐르고 흘러가자

단풍도 낙엽이고
시냇물도 흘러 흘러 바닷물 되는 걸

한낱 인간이야
무얼 그리
아쉬울 게 있을까?

겨울은 가고
봄이 오는데
봄 불 나는 거야

눈비가 올 듯

어느 선술집 담벼락에
못 그리는 지도라도 그려야 할 듯

장작불 타듯
심장이 쿵쾅거린다

올 듯 말 듯한 눈비

눈빛이 늘 맑은
텅 빈 사람들이 보고 싶다

버스킹

초승달 닮은 요트장
바다 같은 세상 떠다니는
집시들 버스킹

걸어가다 당기는 자석
마주 나누는 눈길
모처럼 귀마저 즐거워

바라는 거 없어
그저 그냥 노래하는 게 좋아
뼛속까지 즐거워

팍팍한 세상살이
반짝이라도
흥겨우면 족하지

오늘도 웃으며
뜨고 지는
마음 연 해처럼

씻겨나가듯

귀성 차량 길 위로 씻겨나갈 때
텅 빈 서울
모처럼 소곤소곤 얘기한다

한여름 바닷가 인파 씻겨나간
가을 하얀 파도 끝자락
밀린 세수 한참 한다

보고 싶던 얼굴
박꽃 같은 정
맑은 우물 속
한가위 보름달로 떴다

어릴 적 신나서
해거름까지 뛰어놀던
뒷동산엔

드문드문 씻겨나간 기억 속에
소록소록
어린 밤이 익어간다

영월 동강 돌님

대한민국 강원도 영월 동강
어라연에서 옛님을 만난다

오랜 세월 폭풍우에 깎이고
홍수에 씻기고 떠내려가 구르고 흘러 흘러
이 강가에 자리한 돌님들

헤아릴 수 없는 오랜 시간
하루하루 부서지고 조각나
비우고 텅 비워져 살아온 억겁의 나날들

첫 만남인데 기다리고 계신 듯하여
반갑고 송구스러워 머리 조아린다

천지개벽 때부터 있어온
아득한 옛날 옛님
태고의 웃음

작고 볼품없이 부서진 이 몸을
어찌 이리도 증손자 대하듯
박꽃처럼 웃으실까

밤새 다녀간 강마을 나비

거침없이 흐르고 흐르는
남한강 따라
걷고 또 걷는다

밥물 만들어주는 젖줄
벼 익는 소리
대추 알 살찌는 소리
밤새 잠들지 않고 흐르는
강마을 밤

나그네 쉼터 찾아든
하얀 나비 한 마리
여기저기 유람하니
방바닥 새우잠 잔
지나가는 이

이른 아침 궁금한 행선지
둘러봐도 보이지 않더니
첫 번째 집어든 하얀
휴지에 붙어 잠들어 있는 듯

문 열고
밖으로 내보냈다

나비는
나그네 대신
강마을 시린 가을날
하룻밤 묵고 가려
하얗게 왔나 보다

언젠가 꾼 꿈같은 가을밤
강마을 나비는 왜 왔을까

가람처럼 그렇게
묵묵히 살다 보면
반드시 신나게
사는 길이 있다는 건가

시퍼런 물빛
맑은 마음으로
늘 깨어 있으란 걸까

꽃 같은 사위

꽃같이 예쁜 딸들이 많이 지나가는
강남 전철역 계단에서 꽃을 판다

오늘 저 꽃 다 팔리면
이쁜 딸, 꽃신 사다 주어야지
꽃향기도 사줄까

아빠가 꽃 파는 줄 모르니
꽃 자주 사는 실한 청년 골라
향기 넉넉한 사위로 키우지 뭐……

하얀 나라

이슬비 내리며 얼은 이슬눈
오래된 벗인 양 소리도 없이
사근사근 다가옵니다

그리움의 소리
이런 건가 봅니다

땅에게 보내는 하늘의 절절한 그리움
쉬지 않고 배달되는 연서
보드라운 손으로 받아 안고 함박웃음 짓습니다

이 세상 온 동물들
껑충껑충 뛰어 노는
하얀 나라 아침입니다

퇴근길 빗방울

퇴근길 비 내리면
금방 가슴이 젖는다

그리운 사람
기어코 만나게 한다

제일 보고 싶은 이를 고르다
제일 편한 이를 부른다

퇴근하면서
내일 아침 출근 걱정하게 해도

늘 반가운
싱싱한 보약
퇴근길 빗방울

낮술

하하하

우하하하

아아, 이러면 안 되는데
또

한도 초과
정신줄

총각

유효 기간이 어쩌다 생기는
잠시 총각

늘 총각에 비해
심장이 달뜬다

실핏줄 들떠서
용솟음 펌프질한다

어디로 가서
뒷다리 들고
멍멍이 흉내 낼까?

텅 빈 시간

아침보단 조금 덜 추운 날씨
소소한 만족을 느낀다

쉬지 않고 떨어지는 가로수 낙엽
빗방울 바라보듯 무심히 눈길 준다

목구멍 넘어가는 달착지근한 카페라떼
궤적을 점쳐본다

나른하고 텅 빈 시간 베고
그냥 잠들고 싶다

낙엽처럼 툭 떨어져
굴러갈 날 예약하면서

지금 갔어요

밤새 웃으며 손잡은 시간들
심장 사이로 흐르고 흐르니

겨울바다 솜사탕 같은 아들
그 곁 솜털처럼 보송보송한
아들의 영원한 사랑

갓 결혼한
두 사람의 함박웃음

두 팔 벌리고 기다리며 목련처럼 웃는
뉴욕, 시카고 향해

바다 건너 건너
지금 갔어요

세상 헤쳐가는 믿음직한
배와 선장이 되어

따스한 봄날 버들강아지 필 때
사뿐사뿐 걸어서
곧 다시 오겠노라고……

전주 가맥집

“조금 허름하긴 한데
전주 시민들 정이 느껴지는 곳
황태포 정말 맛있습니다
소스도 예술이고
아부지가 좋아할 맛이에요”

몇 년 전부터 같이 가보고 싶다던
솜사탕 같은 아들과 짝이
바다 건너 카톡으로 알려준 곳

구멍가게 작은 간판
검정 고무줄에 매달린 대기줄 팻말
재미있고 순수한 벽 낙서들
북적거리는 웃음소리
사르르 녹는 바삭바삭한 황태
기분 좋아지는 소스

1970년대
길거리, 지하교실 야학 후배와
두툼한 살보다
얇고 대나무 살같이 아린
지난 역사 뜯으며

모처럼 본
습자지 일력 뒷장에
모란꽃
큰 웃음 그린다

잊혀지는 여행길

한가위 달빛 즐기는
홍천 휴게소 여행객들

쌀쌀한 밤 그림자에
솜사탕 녹듯
몸을 오므린다

아아,
잊혀진 여름 불면의 폭염

힘든 게 잊혀지니
삶은 살 만하고
살아가는 건가

단풍도
눈송이도
움트는 새싹도
기다리겠지 또

색다른 여행 시

남들 즐겨보는
명소만 찾아다니는 여행 아닌

이기주의 인류 욕심 쓰레기
승전국 전리품 쌓인 세계명소

현재에 미치는 산 역사
패전국이 지금도 안고 사는
문풍지 떨리는 고통

새로운 시선으로
낯설게 바로 보기

앵글에 들어가지 않는 그 바깥 배경
한 순간에 전부 보듯

오늘 지금도 여행하듯
시 쓰듯
숨을 쉰다

탈곡기 벼

논에서 태어났으니
저절로
하얀 쌀밥 될 줄

탈곡기에
온몸
탈탈 휘둘릴 줄이야

툭툭
떨어지는
덜 벗겨진 나

소나기

소나기 거센 날
홀로 하염없이
강가를 걷는다

선술집 처마 끝 빗방울
넋 놓고
손바닥에 받아본다

빗방울 튀는
석쇠에 구워지는
포장마차 곰장어처럼

소낙비보다 더 크게
꺼이꺼이 울고 나면

걷는 걸음
조금 가벼워질까?

루즈

입술 루즈가 유난히
빨간 처녀
지하철 에스컬레이터
타고 지나간다

루즈가 여인네의
마지막 화룡점정인가

어디 입사 면접이라도
보러 가는 걸까

아니다
선을 보러 가는가 보다
평생 취업이니까

아니다
마지막 사랑을
찾아가는가 보다

지상으로 나가는
엘리베이터 타고

어느 찻집에서

옆자리 여인 둘이 일어났다
몇 분 뒤에 다시 앉을 때마다
담배 냄새가 분뇨차가 지나가는 것 같다

하나의 생명체가 좋은 냄새도 나고
아니기도 하겠지만,
좋은 향기가 안 날지언정 주위 사람들에게
악취를 풍기는 쓰레기더미가 되면
평가절하 받고,
딱하단 생각이 든다

어디 몸에서 나는 냄새만 그럴까

인품과 행동에서도 냄새가 날 텐데,
갑자기 오싹해졌다
형편없는 향일 텐데……

온갖 냄새 관리 잘 해야겠다

외투를 벗듯 오늘 하루를 벗는다

어제 하루를 외투 벗듯 벗어버리고
새벽 세상으로 나서며
오늘 하루를 입는다

아침밥 거른 속이 깔깔한 군상들
우수수 낙엽처럼 날리는 빌딩숲 정오
황량한 빈 속 채우러 나온다

고개 떨군 발꿈치들
다 닳아버린 퇴근시간
뒤축만 보이는 축 늘어진 에스컬레이터

달빛 별빛 흐드러지게 핀
하늘 아래 꼭대기 동네
박꽃 같은 사람들

오늘 밤도
애기처럼 웃고
노인처럼 뒤척이다
박꽃 핀 고향 꿈을 꾼다

아직도 많이 남아있다

가지고 누리는 게 많아 혹시 줄어들고 없어질까 봐
남북통일 반대하는 사람들이 아직도 많이 남아있다

할아버지 고생 덕분에 금수저로 태어나 유학 갔다 와서
학비 생활비 벌어준 회사 충신들 보란 듯이
해고시키는, 돈이면 다 되는 줄 아는 생각 짧은
재벌 이삼 세들이 아직도 많이 남아있다

돈 많은 사람 앞에선 아부가 전공인 사람들이 달콤한 거짓 혀로
어떤 비위도 다 맞추되 권한과 돈을 제 것인 양 마구 갈취하는
겉모습만 그럴듯한 아주 더러운 사람들이,
입으론 우리는 하나다 외치게 하곤 목에 힘주고
빼기는, 경쟁자나 부하직원을 큰소리로 막 대하고
왕따 시켜 몰아내는, 악취 나는 짐승들이 아직도 많이 남아있다

우리 할아버지들 너나없이
산을 밭으로 논으로 일구고, 시골 5일장 찾아다니며 장사하고
지하 갱도 광부로, 파도 속 뱃사람으로

못 배운 게 한이라 굶으면서도 자식들 공부는 시켰던
배고파 풀냄새만 나던
거북이 등처럼 거친 두 손 내밀어

사람의 정 듬뿍 베푸셨던 그 어르신들 큰마음 따라
빙그레 웃고 손 잡아주며 모르고 지은 죄도 묵묵히 갚으려고
오늘도 비우고 또 비우며 인정 나누는 사람들도
우리 곁에 아직도 많이 남아있다

웃는 바다

늦은 밤 산 넘고 강 건너
질주한 고속버스

바다 내음 보시시 풍기는
동해 양양 시외버스 정류장
잠시 숨을 내쉰다

하나 둘 널브러진
색 바랜 승객들이
실 보푸라기처럼 내린다

헤어짐이 아쉽지만
가벼워 홀가분해진 버스
뒤돌아서 킥킥 웃는다

제복 입은 기사 양반
신나는 외박이라
히죽히죽 웃는다

객이 반가운
파도 끝자락도
하얗게 하얗게 웃는다

석류 알맹이 눈물

석류 알맹이보다 더 붉은
석류 알보다 더 꽉 찬

석류 껍질보다 더 팽팽한
석류 맛보다 더 시고 아린

뚝뚝 떨어지는 눈물
애잔한 세월

밤새
파도소리마저 안 들리게
파도소리보다 더 큰

바다
울리던
그 눈물

퇴적된 슬픔이 봇물처럼 터져
헛웃음으로 켜켜이 주름 져도

아침 햇살 비추면 날아가 버리는
늘 한 몸인 굴곡진 동그라미

하얀 파도 소리

시원한 햇살 쏘이려 지난밤 든 잔
동트는
새벽을 맞는다

어둠을 벗인 양 꼬박 지새야
뒤꿈치 드는
가엾은 사람

난청
너덜너덜 헤진 양심
한낱 한 톨 먼지임을
뒤늦게 고해한다

때늦은 이제야 오신
나의 마지막 임
하얀 파도 소리

전에 없이
졸린다

이젠 밤새지 않고
그만 살아도
될 듯하다

비옷 입고 비 맞다

우산
펴고 쓰고 들기 번거로워
비옷 입고
비 맞는다

비 맛보려고
비에게 배, 다리 내어주었다

촉촉이 젖어오는 비 맛이
비에 젖은
네 잎 클로버 하얀 꽃 같다

바다가 만든 비
비옷 보고 웃는다

나도 따라 웃고
바다도 웃는다

안개 자욱한 웃음소리에
설악산 귀 빙그레 연다

비 내리는 겨울바다

겨울바다는 차갑지 않아
시린 가슴 따스하게 해주니

목마른 바다 목 축여주려
말없이 내리는
겨울비도 차갑지 않아

빗속으로 떠난 임 바라보는
이 눈물도 차갑지 않아

머지않아
봄비 내릴 테니

걷고 걷는 바닷가 모래톱엔
텅 빈 눈물이 밟힌다

빈 병

늘 따스하게 부어주면서도
비어있지 않고
가득 차 있어야 했다

차가운 손 잡아준 것만 기억하고
그이의 맑고 깊은 눈길
오롯이 받아주면
상처가 아닌 위로가 됨을 몰랐다

한 번도 제대로 채워진 적 없는
바람소리에도 잘 깨지는
고동소리만 큰
바닷가 빈 병

솔방 솔방

방울 두 개 단 나그네
방울 소리 내며
솔방 솔방 걸어간다

종소리 하얗게 울려
파도 끝자락 모래톱
바닷가 야생화로 피니

눈가에 튄 바닷물처럼
짭조름하게
아련하다
나그네

달리고 싶다

오늘도 해수욕장 입구에
선 채로 졸고 있다

요즘 몇 달은
사장님도 졸고 계신다

경쾌한 징소리 내며
마구 달리고 싶다

사장님은 나를
세게 치고 싶어 하신다

즐거워 소리 지르는 손님들
태우고 바닷가 질주하고 싶다

이젠 밥 먹기도 민망하다
아니다

단풍 구경 가을 바다
보러 오실 테니

튼실하게
몸 만들어야겠다

뚜벅뚜벅 걸어서

내 땅 밟고 뚜벅뚜벅 걸어서
백두산까지 왔다

겨레 안팎으로 분출된 그 많은 화산을
겨레 혼에 넣어 끓이고

끈질긴 주변국들의 방해를
천지 연못에 흘려보냈다

온 힘을 모아도 절대 부족한데
고함지르며 갈라지는
불쌍한 씨올들

슬프면 눈물이 나지만
슬프진 않은데 눈물이 나는 건
정말 슬픈 것이다

불쌍해서 눈물이 나지만
불쌍하진 않은데 눈물이 나는 건

정말 안타까워서이다

2018년 4월 27일 판문점 남북정상회담
“나는 언제쯤 북측으로 넘어갈 수 있겠습니까”
“그러면 지금 넘어가 볼까요”

두 사람은 손을 잡고 판문점 군사분계선
북측으로
함께 넘어갔다 왔다

아아, 통일이여
그대는 그날 성큼 온 것이다

일 년 뒤 그날
강화도에서 고성까지 평화 누리길 500㎞
비무장 지대, DMZ 마을엔
평화통일 인간띠 잇기

상처투성이 철원 노동당사엔
활짝 핀 목련
씨올들의 간절한 기도 속으로
통일 길이 열리고 열리고 있었던 것이다

싱싱한 통일 음식

서울 태생 사람들은
아삭아삭한 음식 좋아하고

호남 태생 사람들은
삭힌 음식 좋아하고

영남 태생 사람들은
걸쭉한 음식을 좋아들 한다

야채샐러드 가게
홍어삼합 집
장터국밥 집
언제나 붐비는 이유다

음식만 아니고 대체로
소곤소곤 얘기하고
맛나게 얘기하고
소리 지르듯 얘기한다

통일 조국 태생 하루빨리 태어나게
싱싱한 통일 음식 많이 먹어야겠다

목 빠지게 기다리다
겨레의 한으로
자자손손 남지 않게
다시 어두워지기 전
통일 햇살 남아있을 때
꼭 오도록

9월 바닷가

햇볕 쨍쨍
소나기 후드득
햇빛 소올 솔

수시로 바뀌는
곱상한 여인
구월 바닷가

층층이 다른 파도 빛
동쪽 바닷가
걷고 걷는 나그네

텅 빈 섬
찾아가는 나그네
슬며시 흐르는 미소

하나 되기

꼬박
밤 태우는

어느 산사
비구니 스님
수도원 수녀님

달빛 별빛 벗 삼아
통일기도 하는
새벽녘 수도승

언제나 통일조국 될까
오고 가지 못하는 임

사라져야 할
분계선
우리네 아린 속살

꽁꽁 얼어버리면

혹한 파도 몰아쳐도 얼지 않는 바다처럼
거센 바람 불어도 덤덤한 땅처럼
천둥 벼락 쳐도 묵묵한 산처럼
이 세상 어느 누가 아파하는지 알아
함께하는 하늘처럼

온새미로
버티고 살아온 우리 겨레

이 또한 지나가리라
하기엔 봇물 터진
질병 홍수 실망 힘센 나라 옥죔

시퍼렇게 꽁꽁 얼어버리면
놓쳐버릴 마지막 기회

이 겨레 이으리

흘러가는 길 막으면

늘 흐르는 시냇물
큰 돌에 막히면
휘돌아 흐르며
돌에 주름 만든다

장마 지면 큰 돌 떠내려가
구르고 깨지고 부서져
상처투성이 작은 돌 모래 된다

천둥 벼락 홍수에 놀란 돌
어루만져주며
흐르고 흐르는 물

핏줄 흐르는데 북쪽에 계신
부모님 돌아가시기 전
뵈러 간다는데
큰 돌이 계속 막으면 이젠
들어내고 갈 수밖에

막지 마세요

금강산 아우
설악산 어디로 지는 해
바라보는 바다

호호
불어넣어 주는
귓바람

감겨오는
올가즘

눈
감아요

금강산 보여요
갈래요

만주 벌판까지 갈래요

막지 마세요
막아도 가요

더 이상
잘려서
안 살려구요

아바이마을 갯배

속초 설악금강대교 아래
실향민 아바이마을
타고 내리는 이 많은
갯배 선착장
라틴음악 흐르는 아련한
유랑 카페

호기심 가득한
갯배 타는 여행객
즐거움 가득히 내리는 사람들

이방인 보듯 눈 맞추고
지나간 이 뒷모습
폴딩도어 유리창에
낯설게 비친다
뒤돌아보는 이 눈길 속엔
무엇이 들어있을까

섬처럼 먹먹한 아바이마을
느릿느릿 오가는 갯배
서러움 가득 찬 갈매기 소리

오늘도
북쪽 고향 가는 배 기다리는
아바이마을

현재를 마신다

배 타고 블라디보스토크에서
한국 온 사람들
당장 먹고 살
한국어에 목마르다

새벽에 나가 새벽에 퇴근하는
이 땅의 젊은이들도
한국어를 알아듣는
민초들 사는 정책이 없어
자다가 벌떡 일어날 정도로
목마른 지 오래다

일 년 안 쓰고 모아도
천만 원 모으기
하늘의 별 따기다

자식들 총총한 눈망울 덕분에
그나마 비상금처럼 남아있던
자존심마저 허망하게
전당포에 맡겨야 할 판이다

어떤 이는 사대주의로
어떤 이는 총칼로 독재로
어떤 이는 축재로
어떤 이는 집값 폭등으로
어떤 이는 맹신했던 정의의
푸른 싹을 잘라버려
좌표를 잃게 했다

하나같이 그 자식들은
우리가 벌어준 돈으로 부자다
우리가 낸 세금은 그들의
품위 유지비가 된 지 오래다

자유민주주의
통일의 목마름으로
긴 세월
거짓말 아닌 줄 알고
백 프로 믿었던
어리석은 순둥이 우리

우리의 현재를
못 마시는
낮술에 태워 마신다

통일 등대 바라보며

내미는 손

한두 번 만난
남녀노소
적잖은 사람들

스스럼없이
살아온 얘길
털어놓는다

왜냐고 나중에 물으면
무언지 모르게 저절로
털어놓고 싶어져서란다

그러고 나니
고해성사한 거처럼
홀가분해졌다고 한다

때론
성큼 가까워지고
싶었다고도 한다

신부님 아닌 내게
왜 그럴까

스쳐가는 바람 같아
발가벗으면
편해질 듯해서일까

온갖 풍파 겪은 폭풍우 같아
흠 잡히지 않을 듯해서일까

길 가다
내미는 손만큼
큰 절절함이 어디 또 있으랴

잊어버리진 않았겠지요

어젠 한가위 보름달
서쪽 바다 신진도

바닷물 빠져나간 밤바다
그 깊었던 바다
환하게 비추는 불빛들

낮엔 낚싯대로 물고기
밤엔 불 켜고 낙지 잡으러
바다 속을 헤집는 사람들

작은 즐거움에 절여져
반쪽 몸인 걸 잊어

누구에게도
조아리지 않고 되찾아야 할
그 큰 땅 바다
잊어버리진 않았겠지요

늘 한결같이 비추기

이 나라 이 겨레 있게 하신
임 향하듯

하드, 소프트웨어 부족한 모든 사람을
어린아이 대하듯 예뻐하면 성인이 될 수 있다
노자 도덕경 49장을 떠올린다
측은하게 바라보는 나도 측은하게 바라본다

마음이 맑고 고요하면 모든 일을 바르게 할 수 있다
노자 도덕경 45장을 생각한다

달이 안 보이는 삭이 초승달
상현달 보름달 하현달 그믐달 되듯
이 내 마음 변하고 변하여
온새미로 되돌아온다

씨알의 자람

현아 밥 드려야지
벼가 익으면 고개를 어떻게 하지?

초등학교 숙제하고 있는 여덟 살 장남에게
오후 5시쯤 오시는 한센인들께
큰 놋그릇 두 개 가득 채운 밥, 반찬
드리라 교육시켰던

평생을 보시하라 가르쳐주신
훈장 선생님 딸 어머니 홍 보살님

선생님
계엄포고령 내린 이 시대에
독재 타도 위해 데모를 해야 합니까?

우러나면 하시오!
어떤 어려움이 와도
감당할 수 있으면 하세요
아니면 마음공부를 더 하세요

씨알 사랑, 이 겨레 이으리, 세상사람 아끼기,
비폭력, 전쟁 없는 세상 만들기 등
가르쳐주신 함석헌 선생님

1800년대 세계 다른 나라
어찌 사는지도 몰랐던 무식했던 우리나라 왕들

민초들 보릿고개, 초근목피로 살게 했던
아기 새끼손가락만 한 작은 나라
백성 끼니도 안 챙겨준
비인간적인 무지한 왕들
무조건 굽실거렸던 가엾은 조상들

지금도 당연히 원치 않는 주변국 반대로
부모님 생사도 모르고 칠십여 년을 사는
우리들의 하루하루

손주들이 빤히 바라보는
부끄러운 이 역사를

이런 야만인 이런 미개 민족이
별나라 여행도 가는 지금도 있나요?

왜요?
언제까지 기다리나요?

이젠 남한 북한 우리끼리 뭉쳐
오가며 하나 됩시다

함석헌 선생님 서거 30주기 추모의 시

조용히 눈 감으면 맑은 시냇물 소리처럼 들려오는
함석헌 선생님의 목소리
은은한 기쁨과 향기가 솟구칩니다

하얀빛 수염 쓰다듬으시며 나직하고 힘 있게 하시던 말씀
“글쎄요……”

“우러나면 하시요. 행동해서 생기는 모든 상황을
흔쾌히 받아들일 수 있다면
아니면 마음공부를 더 하세요.”

뒷걸음치던 겨레 역사 바퀴 속에서도
인자하신 눈빛으로 부릅뜨고 하시던 그 말씀들

동서고금의 사상을 아우르신 선구자
함석헌 선생님

“너는 씨올이다
너는 앞선 영원의 총 결산이요,

뒤에 올 영원의 맨 꼭지다."

"우리의 역사적 숙제는
깊은 종교를 낳자는 것
생각하는 민족이 되자는 것
철학하는 백성이 되자는 것"

"'아니'하고 가만히 머리 흔들 그 한 얼굴 생각에
알뜰한 유혹을 물리치게 되는
그 사람을 그대는 가졌는가"

격동하는 민족사의 험한 길을 옹글게 살아오신
자랑스러운 한국인
독재정권에 저항하신 대쪽 같은 민주투사
광야에서 외치는 맨 처음 재야인사
진리와 정의를 위해 일생을 바치신 구도자
맑고 고요하고 수줍음 많은 종교사상가
온몸으로 부르짖는 우렁찬 예언자

역사가 저술가 시인이신 선생님

선생님 돌아가신 지 30년이지만

오늘 이 시간도 선생님은 미소 지으시며
우리 곁에 계시옵니다

평화 통일 조국을 자자손손 물려주어야 할
이 중요한 시대에
선생님의 혜안과 지혜로우신 말씀이
더욱 절실한 때입니다

선생님 가르침대로 살지 못하여 석고대죄하오니
헌 마음 버리고 새 마음, 맑은 정신으로 살게 하소서

살아 숨 쉬는 임이시여
항상 아껴주시는 쟁기로 척박한 이 밭을 갈아주소서
선생님께서 가르쳐주신 뜻 이룰 때까지……

선생님, 우리 선생님
명복을 비옵니다
오늘도 저희는 뵙고 싶습니다 선생님
가슴 깊이깊이 존경합니다

『씨올의 소리』 창간 50주년 축시

고요히 마음 모으고 열면 들리는
깊고 은은한 함석헌 선생님 목소리

우리 겨레가 나아갈 길을 가리켜 주시고 가르쳐 주신
선생님 말씀

"겨울에 죽었던 풀이 봄이면 또 돋아나듯 씨올은 살아납니다
그러기 때문에 이 역사가 있습니다."

멀고먼 바다 헤엄쳐 온 파도 끝자락
원시 모래톱에 뜻 깊고 해맑은 결 그린다

선구자 민주투사 암울한 광야에서 앞서 외친 재야인사
구도자 예언자 저술가 역사가 시인 종교사상가
평화주의자이신 함석헌 선생님

오늘도 우리 곁에 살아 숨쉬는
선생님의 크신 뜻
두 손 모아 머리 숙입니다

1901년 대한민국 평북 용천에서 돋아난 새싹
1970년『씨올의 소리』로 태어난 지 50년

세계 평화 씨앗 되어 퍼지고 퍼져
씨올들 마음밭에 맑고 고요한 싹 틔우고 있다

나라의 영원한 주인인 씨올
씨올 속 깊이 스며들어
태어나고 자라온『씨올의 소리』50년

1970년『씨올의 소리』창간사 선생님 말씀
"나는 왜 이 잡지를 내나?"

"한 사람이 바른 입 노릇하다 죽으면 틀림없이
다른 사람이 이어서 할 거다 하는 것을 믿어야 합니다

유기적인 공동체를 길러 가기 전은 아무 운동도 될 가망이
없기 때문에 그것을 기르도록 하자는 것입니다

잡지 보는 것이 목적 아니라 서로 통해서 하나라는
느낌에 이르도록 하는 운동을 시작하잔 말입니다

씨올을 믿기 때문에 가르쳐야 합니다
민중이 스스로 제 속에 가지고 있으면서도 자각 못한 것을
깨닫도록 하는 것입니다

사회의 양심을 대표하는 어떤 중심이 있어야 합니다
천하 사람이 서이들 혹 저 사람의 의견은
언제나 옳다 하고 인정하는 권위를 가진
핵심이 있어야 질서가 유지됩니다

압박을 면하고 싶으면 싶을수록 어서 빨리
국민적 양심의 자리를 세워야 합니다
정신적 등뼈를 일으켜 세워야 합니다."

1976년 자세하게 말씀하신 〈우리가 내세우는 것〉

"씨올의 소리는 순수하게 씨올 자신의 힘으로 하는 자기 교육의 기구입니다
씨올은 하나의 세계를 믿고 그 실현을 위해
세계의 모든 씨올과 손을 잡기를 힘씁니다
씨올의 소리는 어떤 종교, 종파에도 속해 있지 않습니다
씨올의 소리는 어떤 정치세력과도 관계가 없습니다
씨올은 어떤 형태의 권력 숭배도 반대합니다
씨올은 스스로가 역사의 주체인 것을 믿고,
그 자람과 활동을 방해하는
모든 악과 싸우는 것을 제 사명으로 압니다

씨올의 소리는 같이 살기 운동을 펴 나가려고 힘씁니다
씨올은 비폭력을 그 사상과 행동의 원리로 삼습니다."

2차 세계대전 끝난 지 75년 지났건만
아직도 가족을 못 만나고 사는 나라가 우리나라 말고 어디 또 있는가
이 세상 어느 누구 어떤 힘이 어떤 이유로 핏줄을 못 만나게 하는가
끈질기게 통일을 반대 할지라도 휴전선 250㎞
우리 모두 이젠 맨손으로 어깨동무하고 함께 넘어가자
후손들이 더 이상 처진 어깨로 살지 않게
당당하게 통일의 종을 치자

우리 씨올의 자람과 활동을 방해하는 모든 역사적 죄악의 힘에 맞서
씨올의 권리를 정당하게 되찾기 위해 저항하고 싸워 이기는
씨올사상

우리 씨올들이 오늘도 나아가야 할
진리 생명 살리기 운동
정의와 평화 실현 운동

씨올을 일깨워주는
『씨올의 소리』여
영원하소서
이어지고 또 이어지소서

해설

코로나를 넘어서고
백두산까지 가야지요

이승하(중앙대 교수)

해설

코로나를 넘어서고 백두산까지 가야지요

이승하(중앙대 교수)

이상현 시인과의 인연부터 먼저 이야기하는 게 좋겠다. 근 10년 전이었다. 한국문인협회 부설 시창작반에 강사로 나가게 되었다. 당시 문협 정종명 이사장은 모교의 선배님으로서 내게 무어라 명을 내리면 나는 까마득한 후배인지라 거역할 수가 없었다. 3년 반 강의를 하는 동안 2년여 기간 꾸준히 등록해 시를 배운 제자가 있었다. 모 시멘트회사의 중역이고 이미 시집도 한 권 낸 시인이었다. 시를 1편 제출하기에 퇴고할 때 도움이 될 만한 조언을 해드리자, 그 다음 주 수업 시간에 그 시의 퇴고작을 내미는 것이었다. 명색이 선생인지라 그 작품에 대해 또 무어라 몇 마디 지적을 하자 또다시 퇴고작을 그 다음 주에 내미는 것이었다. 작품을 고치고 또 고치며 열 번 이상 같은 시(아니, 조금씩 고쳤기에 같은 시는 아니다)를 내민 사람이 바로 이상현 시인이다. 한 작품이라도 흠결이 없는 완벽한 작품을 만들어보겠다는 집념이 초래한 행동이었다. 신작을 갖고 오라고 아무리 얘기해도 한 학기 내내 같은 작품을 들고 오면서 완성도를 조금씩 높여 나간 열정에 내가 완전히 항복을 하고 말았다.

김영란법 발표가 되면서 그 강좌를 접게 되었는데 이상현 시인의 끈기는 거기서 끝난 것이 아니었다. 1주일에 1편의 시를 카톡으로 보내기 시작한 것이다. 어디 여행을 가더라도, 무슨 언론보도를 접하더라도 그 감회를 시로써 내게 보내주는 것이었다.

이상현 시인의 그 끈기는 어디로 가지 않았다. 2020년 세모에 66편의 시를 보내면서 내게 해설을 부탁하는 것이 아닌가. 자신의 제2시집 해설을 부탁한 사람에게 다시 제3시집 해설을 부탁하는 시인은 대한민국에 이상현 시인밖에 없다.

2020년은 팬데믹 시대의 첫해로 인류의 역사에 기록될 것이다. 백신이 개발된 듯도 한데 아직 안전성이 입증되지 않았고, 물량이 확보되지 않았고, 가격도 만만치 않아 내년에도 전 세계적으로 많은 사망자가 나올 것이다. 백만이 될지 천만이 될지 아무도 모른다. 시집의 앞부분에 코로나 사태에 대한 시가 여러 편 실려 있다.

세계 인류에게 온 전염병
두 번째 온 나라여서
국격 폭락 가슴 졸였다

연이어 국회의원 선거
특권, 국민의 돈만 탐하는 다수의 벌레들
졸렬한 권력 쟁탈전
창피함 잊은 못난 정치인들

이쁜 부끄러움
맑은 눈빛
가마솥 온기
덩달아 잊어버린 사람들

장작불 새로 지펴
짧은 생각 태워라
나를 태우자

–「장작불에 나를 태우자」 전문

중국 우한시에서 처음 환자가 나왔다고 하는데(중국은 이를 부인하고 있다) 그곳에 간 신천지교회 사람들이 바이러스를 옮겨 우리나라는 두 번째로 환자가 발생한 나라가 되었다. 세계 각국으로 바이러스가 퍼져 나갈 때 우리나라에서는 국회의원 선거를 강행(?)하였다. 시인은 국회의원을 이렇게 평가한다. "국민의 돈만 탐하는 벌레들/졸렬한 권력 쟁탈전/창피함 잊은 못난 정치인들"이라고. 시인의 이런 평가에 대체로 동의한다. 별로 하는 일도 없이 수억 원 세비 연봉을 받는 기생충 같은 인간들이 대한민국의 국회의원이다. 원래 이 땅의 주인인 백성은 "이쁜 부끄러움"과 "맑은 눈빛"과 "가마솥 온기"를 갖고 있는 사람들이다. 이런 좋은 품성을 잃어버리면 안 된다는 것이 시인의 생각이다. 그래서 "장작불 새로 지펴/짧은 생각 태워라" 라고 말한다. 끝 행은 제목과 수미쌍관이 이루어지게 "나를 태우자"로 처리했다. 남 탓하기 전에 나부터 반성하자는 뜻이 아닐까. 이런 시도 있다.

민족 자존심 잃은
대안 없는 비난
국력 분산

건전한 대안 제시 비판
위기 처한 국운
되살린다

더 냉철하게
겨레 모두 힘 모아
이 고난도
극복할 수 있다

이 또한 슬기롭게

지나가리라

우리 민족 저력 되새기며
더욱 맑게 힘내자

-「코로나로 흔들리는 민심」 전문

안 그래도 국론이 분열되어 나라꼴이 난파선의 형국인데 대안 없는 분열을 일삼지 말라고 한다. 코로나19 바이러스로 말미암아 자영업자들과 소외계층은 더욱 심한 타격을 받고 있음에도 불구하고 법무부장관은 검찰총장을 못 잡아먹어 난리다. 검찰총장은 아내와 장모 쪽에서 계속해서 먼지가 나도 모른 척하고 있다. 다들 내 눈의 대들보는 보지 못하고 남의 눈의 티끌만 보고 있다. 그래서 서민들을 향해 시인은 "우리 민족 저력 되새기며/더욱 맑게 힘내자"고 격려하고 있다. "겨레가 갈라져 사는/유일한 분단국가인 우리에게/통일의 최고 적기인 지금//전염병으로/또 고난에 빠지게 하니"(「우리나라 파도」)라고 하면서 "숱한 고난의 역사 극복해온/우리 겨레"이니 만큼 이번 팬데믹의 고통도 잘 극복하자고 말한다.

자, 이제 시집의 제목으로 삼은 시에 대한 이야기를 해보자.

어릴 적 하루 종일 물장구치다
배고프면 찾아들던 사립문

강마을 살구나무집
다섯 살 배불뚝이 장남
뒤뚱뒤뚱 뻘뻘 땀 흘리며 들어오니

윗옷에 담긴 작은 돌멩이 쌓아놓으라 내어주신
살구나무 옆 공터
다섯 살배기 광야

그때부터 금강산 넘어 걸어서
만주벌판 광야까지
가고 싶었나 보다

-「살굿빛 광야」 전반부

시인은 문경 촌놈이다. 다섯 살 때였다. 종일 집 밖에서 물장구치고 놀다가 돌아올 때마다 왜 돌을 갖고 왔을까? 어머니가 살구나무 옆 공터에 작은 돌멩이를 쌓아놓으라고 윗옷에 주머니를 만들어주신 것은 아닐 텐데. 돌탑을 쌓는다는 것은 기원(祈願)의 의미가 있다.

그나마 작은 눈
웃으면 안 보이게 신나했을 아들 보며

살굿빛으로 미소 짓던 어머니

귀도 눈도 머신 어머니
오늘도 하시는 말씀
"애비야, 물은 덜 먹고
밥을 많이 드시게
다섯 살부터 좋아하더니만
평생을 돌하고 사는구먼."

–「살굿빛 광야」 후반부

살구나무 옆 공터는 다섯 살배기에게는 광야였다. 여기에 돌을 쌓으면서부터 어린 상현이는 만주벌판을 동경했던 것일까, 시인의 의식은 자주 북한 땅과 그 너머로 펼쳐져 있다. 집안의 역사를 언젠가 술잔을 기울이면서 물어보아야겠다. 아무튼 어머니의 미소를 살굿빛이라고 표현한 것이 놀라운데, 그 어머니의 말씀이 더욱더 의미심장하다. "평생을 돌하고 사는구먼."이라고 얘기하신 뜻을 알겠다. 살굿빛 광야는 어머니의 얼굴이기도 하지만 시인 자신의 이상의 지향점이다. 이육사의 「광야」에는 매화 향기가 그득했지만 이상현의 「살굿빛 광야」에는 어머니의 목소리가 가득하다.

자, 이제부터 시인의 통일에 대한 열망을 살펴보도록 하자. 요즈음 통일에 대한 이야기가 쏙 들어가 버렸는데 이상현 시인에게는 통일이 여전히 화두다. "눈/감아요//금강산 보여요/갈래요//만주 벌판까지 갈래요/막지 마세요/막아도 가요//더 이상/갈려서/안 살려구요"(「막지 마세요」)라며 특유의 고집을 부리고 있다. 떼를 쓰고 있다. 아마도 근년에 나온 시집 가운데 이상현의 이 시집처럼 통일을 열망하는 시인의 마음이 담겨 있는 것도 없으리라. "오늘도/북쪽 고향 가는 배 기다리는/아바이마을"(「아바이마을 갯배」), "우리의 현재를/못 마시는 낮술에 태워 마신다//통일 등대 바라보며"(「현재를 마신다」), "핏줄 흐르는데 북쪽에 계신/부모님 돌아가시기 전/뵈러 간다는데/큰 돌이 계속 막으면 이젠/들어내고 갈 수밖에"(「흘러가는 길 막으면」) 등 통일을 염원하면서 쓴 시의 이런 구절이 계속해서 눈에 뜨인다. 이런 경향의 시 가운데 다음 시에 특별히 주목한다.

내 땅 밟고 뚜벅뚜벅 걸어서
백두산까지 왔다

겨레 안팎으로 분출된 그 많은 화산을
겨레혼에 넣어 끓이고

끈질긴 주변국들의 방해를
천지 연못에 흘려보냈다

온 힘을 모아도 절대 부족한데

고함지르며 갈라지는
불쌍한 씨올들

슬프면 눈물이 나지만
슬프진 않은데 눈물이 나는 건
성발 슬픈 것이다

불쌍해서 눈물이 나지만
불쌍하진 않은데 눈물이 나는 건
정말 안타까워서이다

–「뚜벅뚜벅 걸어서」 전반부

요즈음 자주 백두산 화산이 폭발할지 모른다는 소문이 들린다. 북한이 잘못 되면 사실 안 된다. 한겨레인데 백두산 화산이 폭발되면 우리 동포가 피해를 입기 때문이다. 당 간부들의 안위에 대해서는 관심이 없다. 인민들이 고통을 당하면 안 된다. 이 땅의 남자들은 군대를 가면 북한을 '주적'으로 상정해 모든 훈련을 받는다. 북한 김정은의 도발에 대한 억제력은 우리의 경제력과 국방력에 있다. 시인은 지금까지 우리가 "끈질긴 주변국들의 방해를/천지 연못에 흘려보냈다"고 하는데, 아주 상징적인 표현이다. 우리 주변국이라고 할 수 있는 중국과 러시아(북한과 국경을 맞대고 있다), 일본 중 어느 나라도 남과 북의 통일을 원하지 않는다. 미국도 마찬가지다. 지금처럼 휴전선을 사이에 두고 대치하고 있으면 제일 좋은 상황인 것이다. 시인은 “온 힘을 모아도 절대 부족한데/고함지르며 갈라지는/불쌍한 씨올들” 하면서 분단 상황을 안타까워한다. 남한과 북한으로 동강난 분단도 안타까운데 경상도와 전라도, 여당과 야당, 보수와 진보, 위정자와 백성, 재벌과 서민……. 사분오열이 너무나도 심한 우리나라 정치현실과 경제위기에 대해 시인은 슬퍼하고 안타까워한다. 어떤 시에서는 단도직입적으로 “이젠 남한 북한 우리끼리 뭉쳐/오가며 하나 됩시다”(「씨올의 자람」)라고 말하기도 한다.

2018년 4월 27일 판문점 남북정상회담
“나는 언제쯤 북측으로 넘어갈 수 있겠습니까”
“그러면 지금 넘어가 볼까요”

두 사람은 손을 잡고 판문점 군사분계선
북측으로
함께 넘어갔다 왔다

아아 통일이여
그대는 그날 성큼 온 것이다

일 년 뒤 그날

강화도에서 고성까지 평화 누리길 500km
비무장 지대, DMZ 마을엔
평화통일 인간띠 잇기

상처투성이 철원 노동당사엔
활짝 핀 목련
씨올들의 간절한 기도 속으로
통일 길이 열리고 열리고 있었던 것이다

-「뚜벅뚜벅 걸어서」 후반부

2018년 4월 27일 이후 순조롭게 남북한 간에 관계개선이 되었더라면 얼마나 좋았을까. 북한은 미국이 제대로 안 도와주자 뿔난 아이처럼 어깃장을 놓고, 남한은 국내 문제가 난마처럼 얽혀 외교와 안보에 신경을 못 쓰고 있는 형편이다. 하지만 시인의 통일에 대한 염원은 여전히 "평화통일 인간띠 잇기"를 하고 있다. 상처투성이 철원 노동당사 마당에 목련이 활짝 피어나듯이 "씨올들의 간절한 기도 속으로/통일 길이 열리고 열리고 있었던 것"이라고 확신하고 있다. '씨올'이란 말을 쓴 사람은 고 함석헌 선생이다. 시인의 첫 시집 제목이 '미소 짓는 씨올'이었는데 이번 시집에도 '씨올'이라는 시어가 종종 나온다. 한결 같은 제자…….

함석헌 선생과의 인연이 시작된 것은 고등학교 2학년 때였다. 함석헌 선생이 쓴 『뜻으로 본 한국 역사』를 감명 깊게 읽은 이상현 학생은 함석헌 선생이 시내 모처에서 노자의 『도덕경』 강의를 하는 것을 알고는 수소문해 찾아가 듣기 시작하였다. 『도덕경』 제45장에는 "마음이 맑고 고요하면 모든 일을 바르게 할 수 있다"는 대목이, 제49장에는 "모든 사람을/어린아이 대하듯 예뻐하면 성인이 될 수 있다"는 대목이 나오는 모양이다. 고2 학생 때부터 시인은 큰 스승을 모시고 마음의 밭을 갈게 되었던 것이다.

달이 안 보이는 삭이 초승달
상현달 보름달 하현달 그믐달 되듯
이 내 마음 변하고 변하여
온새미로 되돌아온다

–「늘 한결같이 비추기」 마지막 연

내 마음은 변하고 변하지만 결국 온새미로(가르거나 쪼개지 않고 생긴 그대로) 되돌아온다고 한다. 달 자체가 변하지 않은데 우리 눈에만 크기를 달리하여 보일 뿐이다. 시인은 늘 한결같은 저 달을 본받고 싶다는 뜻으로 이 시를 썼다고 본다. 또한 달과 같았던 스승을 본받고 싶었던 것이리라. 시인은 함석헌 선생한테서 씨올에 대한 사랑, 이 겨레 잇기(통일), 세상사람 아끼기, 비폭력, 전쟁 없는 세상 만들기 등 다섯 가지를 배웠다고 한다(「씨올의 자람」). 그래서 시집의 마지막을 다음 2편의 시로 장식하게 되었던 것이다. 씨올은 도대체 무엇일까? 「씨올의 자람」이란 시에 나오는 '민초'나 '백성'에 가까울 것이다. 씨올은 나라의 근간, 국가의 근본이 아니겠는가. 함석헌 선생은 이렇게 천명하였다.

"너는 씨올 이다
너는 앞선 영원의 총 결산이요,
뒤에 올 영원의 맨 꼭지다."

"우리의 역사적 숙제는
깊은 종교를 낳자는 것
생각하는 민족이 되자는 것
철학하는 백성이 되자는 것"

-「함석헌 선생님 서거 30주기 추모의 시」 부분

깊은 종교를 낳자, 생각하는 민족이 되자, 철학하는 백성이 되자. 지금 우리나라, 우리 시대에 딱 맞는 말이다. 대한민국이 이렇게 혼탁한 것은 코로나19 바이러스 때문이 아니다. 존경할 만한 스승이 없기 때문이다. 지표도 없고 목적도 없고 신뢰도 없고……. 그런데 함석헌 선생은 그 당시 "독재정권에 항거하신 대쪽 같은 민주투사"였다. 제자인 이상현 시인은 스승을 "광야에서 외치는 맨 처음 재야인사"로, "진리와 정의를 위해 일생을 바친 구도자"로, "맑고 고요하고 수줍음 많은 종교사상가"로, "온몸으로 부르짖는 우렁찬 예언자"로 평가한다. "평화 통일 조국을 자자손손 물려주어야 할/이 중요한 시대에/선생님의 혜안과 지혜로우신 말씀이/더욱 절실한 때"라고 한 시인의 말에 전적으로 동감한다. 지금 이 시대에는 김수환 추기경, 성철스님, 법정스님 같은 분도 없다. 혜민 같은 이가 나와서 엄청나게 치부를 하고 있다. 대선 후보들에 대해서는 언급도 하기 싫다. 제자는 "선생님 가르침대로 살지 못하여 석고대죄하오니/헌 마음 버리고 새 마음, 맑은 정신으로 살게 하소서"라고 기원한다. 대미를 장식한 마지막 시는 장시다. 이렇게 끝난다.

2차 세계대전 끝난 지 75년 지났건만
아직도 가족을 못 만나고 사는 나라가 우리나라 말고 어디 또 있는가
이 세상 어느 누구 어떤 힘이 어떤 이유로 핏줄을 못 만나게 하는가
끈질기게 통일을 반대할지라도 휴전선 250㎞
우리 모두 이젠 맨손으로 어깨동무하고 함께 넘어가자
후손들이 더 이상 처진 어깨로 살지 않게
당당하게 통일의 종을 치자

우리 씨올의 자람과 활동을 방해하는 모든 역사적 죄악의 힘
에 맞서
씨올의 권리를 정당하게 되찾기 위해 저항하고 싸워 이기는
씨올사상

우리 씨올들이 오늘도 나아가야 할
진리 생명 살리기 운동
정의와 평화 실현 운동

씨올을 일깨워주는
『씨올의 소리』여
영원하소서
이어지고 또 이어지소서

–「『씨올의 소리』 창간 50주년 축시」 끝부분

참으로 감동적인 시다. 우리가 왜 통일을 외쳐야 하는지, 이 시에 그 뜻이 명확하게 밝혀져 있다. "후손들이 더 이상 처진 어깨로 살지 않게" 하기 위해서이다. 시인은 당당하게 말한다. "이 세상 어느 누구 어떤 힘이 어떤 이유로 핏줄을 못 만나게 하는가"라고. 서울과 개성이 지척의 거리인데 부모 형제가 만나지 못하고서, 소식도 모른 채 살아온 세월이 70년이라니 말이 되는가. 씨올사상이란 "우리 씨올의 자람과 활동을 방해하는 모든 역사적 죄악의 힘에 맞서/씨올의 권리를 정당하게 되찾기 위해 저항하고 싸워 이기는" 사상이다. 그 사상을 본받고자 했지만 제대로 실천하지 못한 반성의 목소리를 담아서 낸 이번 시집, 시인의 반성문이라고 할 수 있다.

통일과 관련지어 재미있는 시가 있는데 놓칠 뻔했다. 서울사람들은 아삭아삭한 음식을 좋아해서 야채샐러드를, 호남사람들은 삭힌 음식을 좋아해서 홍어삼합을, 영남사람들은 걸쭉한 음식을 좋아해서 장터국밥을 즐겨 먹는다고 하고선 말투도 다르다고 한다.

음식만 아니고 대체로
소곤소곤 얘기하고
맛나게 얘기하고
소리 지르듯 얘기한다

통일 조국 태생 하루빨리 태어나게
싱싱한 통일 음식 많이 먹어야겠다

목 빠지게 기다리다
겨레의 한으로
자자손손 남지 않게
다시 어두워지기 전
통일 햇살 남아있을 때

꼭 오도록

–「싱싱한 통일 음식」 후반부

통일 음식을 평양냉면이나 개성만두처럼 구체적으로 명시하진 않았지만 시인은 '싱싱한 통일 음식'에 대한 꿈을 버리지 않는다. 그것이 두루치기가 되거나 잡탕밥이 되거나 무슨 상관이 있으랴. "겨레의 한으로/자자손손 남지 않게" 해야 하는데. "통일 햇살 남아 있을 때/꼭 오도록" 해야 하는데.

이상현 시인의 제3시집을 읽고 보니 박근혜 대통령이 개성공단을 왜 그렇게 빨리 폐쇄했나 하는 아쉬움이 남는다. 북한 주민들의 삶의 질이 향상될 수 있었을 텐데 말이다.

무조건적으로 퍼주는 햇볕정책도 문제가 있지만 지금 같은 대화단절은 바람직하지 않다. 김정은에 비해 문재인 대통령은 형도 아닌 아버지뻘이니 뚱뚱한 국방위원장을 어르고 달래면서 대화를 청해야 하는데 대통령은 수하의 공무원이 북한에 가서 죽어도 한마디도 못하고 있다. 통일은 차치하고라도 대화의 물꼬를 틀 수 있는 기회를 놓친 것이 안타깝다. 아무튼 분단 상황에 대해 가슴 아파하면서 시를 한 편 두 편 써온 이상현 시인에게 격려의 말을 건네고 싶다. 이런 노력이 쌓이고 쌓여야 북한도 대화의 장으로 나올 것이다.

등단 14년 만에 세 번째 시집을 낸다는 것은 과작이다. 하지만 지난 1년 동안 거의 1주에 한 편씩의 시를 썼다. 제3시집

출간을 계기로 심기일전하여 시작에 더욱더 매진했으면 좋겠다. 하늘나라의 함석헌 선생이 흐뭇해하시겠다.

살굿빛 광야

이상현 지음

발 행 처 · 도서출판 **청어**
발 행 인 · 이영철
영 업 · 이동호
홍 보 · 천성래
기 획 · 남기환
편 집 · 방세화
디 자 인 · 이수빈 | 김영은
제작이사 · 공병한
인 쇄 · 두리터

등 록 · 1999년 5월 3일
(제1999-000063호)

1판 1쇄 발행 · 2021년 2월 10일

주소 · 서울특별시 서초구 남부순환로 364길 8-15 동일빌딩 2층
대표전화 · 02-586-0477
팩시밀리 · 0303-0942-0478

홈페이지 · www.chungeobook.com
E-mail · ppi20@hanmail.net
ISBN · 979-11-5860-924-5(03810)

본 시집의 구성 및 맞춤법, 띄어쓰기는 작가의 의도에 따랐습니다.
이 책의 저작권은 저자와 도서출판 청어에 있습니다.
무단 전재 및 복제를 금합니다.